KB182524

와수리

전시우 시집

시인의 말

소년 시절의 꿈을 이룰 수 있도록 지도해 주신

중앙대 문예창작 전문가 과정 교수님,

박제천 시인, 황충상 소설가 님께 감사드립니다.

하늘에서 웃고 계실 부모님, 지지해 준 아내 송혜옥

외아들 덕재와 지인들께 첫 시집을 받칩니다.

한 명의 독자라도 제 시를 읽고 위로받으면 좋겠으며

죽는 날까지 혼신의 힘을 다해 시를 쓰며 살겠습니다.

2024년 11월

전시우

차 례

● 시인의 말

제1부 와수리

제4부 백장미

제1부

와수리

와수리

소위 때 와수리 식당에서 본 그녀
그녀의 반짝이는 눈동자는
밤하늘에 빛나는 시리우스였다

나를 비추는 그 별빛에 감전되었다
순간 내 마음은 꽃밭으로 물들었다

주말이면 그 식당을 찾았다
하지만 한 달 후부터
그녀는 더 이상 보이지 않았다

버킷리스트를 쫓아 다시 찾은 그곳
그녀는 어느새 할머니가 되어
그 식당의 주인이 되어 있었다

세월의 흐름 속에서도
여전히 빛나는 눈은 시리우스였다
내 마음은 다시 꽃밭으로 물들었다

고성

고성 통일전망대 대공초소 근무 중
희미하게 보이는 제트스키를 발견했다

돌고래처럼 물보라를 일으키며
쏜살같이 북쪽으로 올라오고 있다

미승인 보트 월경 시
경고사격을 하라고 교육받았기에
M60 기관총으로 여러 차례 경고사격을 했다

제트스키가 방향을 선회
남쪽으로 돌아 내려간다

70대 노인이 죽기 전에
북의 노모를 만나려고
위험을 무릅쓰고 가는 중이라고 했다

아내의 발

아내의 발이 겨울이다
결혼 첫날밤 알았다
얼음처럼 냉기가 흐르는 발

나는 여름이고 아내는 겨울이다
밤 되면 겨울이 여름을 만난다
여름 몸에 다리를 걸쳐야 잠드는 겨울

여름이 겨울을 잠재운다
서로 섞이는 잠
우리 부부는 몸과 발이 아는 계절이다

한계령

한계의 끝, 한계령
그녀의 아픔이
거북 울음 되어 흐른다

부모 반대로
한계에 부딪힌 군인의 사랑

마지막 걷는 처음 만났던 눈 덮인 한계령
내 마음은 거북 등껍질처럼 갈라진다

그녀의 눈물은 눈꽃으로 피어 흩날리고
그녀와 함께한 한계의 시간은
거북 지느러미 되어 흔들린다

시간이 흘러도 그녀와의 이별은
거북의 등껍질에 새겨진 흔적처럼
더욱 선명하게 다가온다

한강

"동작 그만, 충성! 총기 손질 중"
내무반 선임 정 병장이 경례한다

7년 늦게 입대한 동갑내기,
통하는 게 많아서 마음에 든다

전역한 정 병장을 만났다
식사 후 한강 변을 거니는데
갑작스러운 키스에 숨이 멎었다

음, 정~ 정 병장, 동작 그만!
상관이 허락도 안 했는데…

중, 중~ 중대장님, 동작 그만!
숨 가쁘게 더 세게 껴안는다

저항할 수 없는 사랑
국경과 계급을 초월한 사랑

정 병장은 운명적인 내 남편이다

나무

군인 아내로 서른 번 넘는 이사
아내의 허리는 태풍에 쓰러진 나무가 되었다

아내의 생일날 선물한 복대 껍질은
하늘이 준 보물인 듯
아내에게 지팡이요, 마약이라고 한다

두르기만 하면 가족을 위해
어떤 일이든 해낼 수 있는 힘을 준다고

껍질이 있어
다시 일어설 수 있게 되었다고

마치 하늘이 내린 선물인 것처럼
아내의 허리를 일으켜 세운다

꽃

꽃처럼 피어난 너에게
나는 병이 들었다

널 너무 좋아하는 병
널 너무 미워하는 병

너에게만 존재하는 이 병

난 메시지 보내는 반딧불
넌 돌아선 꽃잎

죄는 나에게만 있다

너를 너무나 좋아하는 병
너를 너무나 미워하는 병

묵화

하루 종일 밭에서 일하고 온
소의 등에서 김이
안개처럼 모락모락 나고 있다

소가 머리를 좌우로
흔들자, 방울 소리가
딸랑딸랑 울린다

똥파리가 소 주위를 윙윙
날아다니고 있다

여물 대신 물을 먼저 쭉쭉
들이키고 있다

첫사랑

먼지 쌓인 은밀한 기억의 보관함
낡은 가방 속 편지 더미에서
빛을 잃은 몽당연필이 발견되었다
놀란 건 몽당연필이 아니라 나
잠든 추억이 깨어났다
11살에 내가 개다리소반 위에서
풋풋한 손으로 편지를 쓰고 있다
거기에 꼭꼭 눌러쓴 건 첫사랑
사랑은 가난보다 힘이 세지 않았다
깎고 또 깎고 깎을 수 없을 때까지
내 서러움을 깎았다
몽당몽당해져 몽당몽당해져
아무도 모르는 구석으로 굴러간 내 마음

김 상사

모내기 철, 시골 우리 동네 둔내로
대민 지원 나왔던 땅딸보 김 상사

못 줄에 맞춰 2~3cm 깊이로
모를 심으라고 시범을 보이던 김 상사

"못줄 옮기는 벌들 어디 갔나?"
병사들을 연주자처럼 이끌던 김 상사

거머리는 나만 좋아한다며 거머리를
툭 치며 모를 심던 까무잡잡한 김 상사

술 취한 병사는 잠재우던 김 상사
그의 모습은 아버지 같았다

아내의 암 수술 병간호를 위해
마지막 출근이라고 하던 김 상사

입대

할아버지 그림자에 숨어 살던 아버지
할아버지 소개로 18세 어머니와 결혼
결혼하자마자 바로 입대했다고

1960년 강원도 둔내 첩첩산중
어머니는 시조부를 모시고 일하며
남편 휴가만 손꼽아 기다렸다고

8개월 만에 휴가 나온 남편은
할아버지 그림자에 갇혀
어머니 곁에 다가오지 않았다고

할아버지 품에 안겨 아기처럼 있다가
말없이 귀대했다 말하며
어머니는 입대하는 나를 꼭 껴안는다

수영

내 마음속으로
헤엄쳐 들어왔던
그녀는 사라지고 없다

매일 수영장에서
수영을 배웠는데

그 자리에
바다가 들어차 있다

요정 같은 그녀는
늘 내 몸을 안고
몸속을 헤엄쳤다

첫사랑 같은 그녀,
갑자기 유방암이 찾아왔다

이제 그녀는 없지만 내게
바다가 들어차 있다

목봉

동복 유격훈련장에서 200kg 목봉을
교관 호각에 맞춰 좌우 옮기며
체조하는데 산을 옮기는 듯 힘겹다

키 작은 난, 목봉이 어깨에 닿지 않아
손과 발을 들며 올렸다 내렸다 한다

8명 조원 이마에 땀이 줄줄 흐른다
키가 작아서 미안하고 부끄럽습니다

목봉을 들기 위해 안간힘 씁니다
키가 작아도 까치발 듭니다

훈련 끝나고 배식 줄에 서자
고참은 내 등을 툭 치며
제육볶음 듬뿍 담아줍니다

눈물 흘리며 하나도 남기지 않고
밥과 반찬 다 먹었습니다

입맞춤

군장 검사를 위해
식당 청소 후 서둘러 달려와
위장 크림을 찾는데 없다

막내인 내가 또 지적받으면
분대의 포상 휴가가 날아간다

할 수 없이 구두약으로
얼굴, 손을 숯처럼 위장하고
군장 검사를 통과했다

예고 없는 깜짝선물
애인이 첫 면회를 왔다

외출 준비를 하는데
구두약이 지워지지 않는다

애인의 입맞춤으로
내 얼굴이 환해진다

첫눈

한파에 첫눈이 눈꽃 되어
온 세상이 하얀 옷을 입은 날

45년 만에 찾은 여고 동창이
용인 집으로 놀러 왔다

부산에서는 상상도 못 할 일이라며
학창 시절로 돌아가 눈싸움도 하고
베란다 난간에 눈사람도 만들었다

눈꽃처럼 빛나던 시간,
이 순간이 멈췄으면 좋겠다며
아쉬움을 뒤로하고 친구는 떠나갔다

베란다 난간에 남아 있는
친구의 해맑은 목소리가
눈꽃 되어 내 마음에 피어난다

단풍 하사

원치 않는 계급을 달고 왔음을
잘 알면서도 전우들은 하사를
흩날리는 나뭇잎처럼 흔든다

어제까지 어깨를 나란히 했던
친하던 선임, 따르던 후임들도
이젠 본체만체 등을 돌린다

병장보다 늦게 밥을 주고
경례조차 하지 않는다

하지만 하사는 상병 시절처럼
변함없이 선임과 후임을 내한다

어느 날 저녁부터
먼저 밥을 권하고 경례한다

섬

여기는 DMZ

적 침투 길목에
수전증에 걸린 사람처럼
크레모아와 조명지뢰 설치 후
위장하고 매복호에 몸을 숨긴다

들리는 건 바람과 새들의 노래
사방팔방 보이는 건 울창한 수목
고개 들면 빠져 죽을 것 같은 맑은 하늘

매화, 괭이눈, 쇠비름 풀꽃
야생화들의 향기에 정신이 아득해진다

부산

여름 방학 해운대에서 만난
백합 같은 부산 소녀에게 끌렸어

펜팔 친구가 된 소녀는
2년간 만년필로 시를 써 보내왔어

고3 때, 어머니가 공부에 방해된다며
냇물에 던지고 불에 태웠어

소녀가 변심한 줄 알고
남쪽 하늘만 보며 울었어

소녀의 시는 눈물 되어 흩날리고
냇물에 손을 담그면 향이 피어올랐어

다시 만날 수 있을까
퇴역 후 시를 배워 바닷가에서 쓰는데
소녀의 백합 향이 풍겨왔어

만년필을 던지자

홀연 파도에 시가 새겨지더니

소녀가 나에게 다가오고 있었어

임영웅

먼지 쌓인 고서처럼 잠자던 나
가수의 꿈을 키우며 군밤 팔던 너

우린 마스크 속에 숨어
눈물만 흘릴 때
홀연 코로나19가 찾아왔지

그 순간
잠들어 있던 꿈이
깨어나기 시작했어

난, 불타나게 팔려나가고
넌, 목소리에 사람들이 위안받자
우린 무대 위 주인공이 되었지

잠자던 마스크가 꽃으로 피어나듯
너의 노래가 하늘까지 울려 퍼지듯

이젠 모두 마스크를 벗고
다 함께 웃을 수 있기를

낙하산

특전사 근무 시절
3개월에 한 번은 의무적으로 낙하산을 타야 한다

낙하산 강하가 있는 하루 전날은
손톱도 안 깎고 면도도 안 하고
아내와 잠자리도 같이 하지 않고…

낙하산을 타는 당일 아침
칠흑 같은 새벽 광주 비행장으로 갈 때면
나는 많은 생각에 잠긴다

낙하산 타기 바로 직전에는 더욱더 간절히 기도한다

제2부

서울의 봄

서울의 봄
— 군인 장태완

서울의 봄 영화 속
어둠 속에 핀 한 송이 꽃
꺼져가는 희망의 등불 같았다

퇴역한 나는
그 꽃을 보며 가슴이 찔린다

만약 내가 그 상황이었다면
어떤 돌을 들었을까

장태완의 길을 갔을까
아니면 다른 길을 택했을까

계룡대

이슬비 내리는 5월
계룡대 뒷산을 오르는데
나뭇잎마다 흰 벌레가 득실거린다

노란 우산 위로
벌레 떼가 뛰어내리자
비명 속 우산은 흰 꽃이 핀다

며칠 후
파란 나무들은 벼락 맞은 듯
검게 변하며 말라가고

검은 구름처럼 무리 지어
우리에게 다가오는 벌레 떼는
세상 급변의 서곡을 속삭인다

새댁인 나에게

선배 가족이 방문해 새댁인 나에게
군인 남편 내조 비법을 전수한다

관사 환기통을 가리키며
귓속말로 부대 일에 대해 불평불만하면
정보부대에서 감청해 불러 간다고 한다

낮말은 새가, 밤말은 환기통이 듣는다
남편 출셋길을 망치고 싶지 않다면
집에서도 말조심하라고 당부한다

그날 이후
남편과 나는 환기통을 향해
상관 칭찬만 하며 살았다

신앙처럼 믿었던 효과 덕인가
남편은 30여 년 복무 후 퇴역했다

김 병장

김 병장 코에서 바람이 불기 시작한다
가마솥 밥물 흐르듯 침이 베개를 적신다
태풍 진로가 내 쪽으로 바뀐다고 하자
김 병장은 잠자리 방향을 내 쪽으로 튼다
어김없이 왕바람을 몰고 들이닥친다
바람에 모포도 날아가 오늘도 또 뜬 눈이다
잠꼬대하다 내 이름을 부르며 욕을 한다
귀를 쫑긋하자 시치미를 뚝 떼고 잔다
뿌드득뿌드득 이빨을 갈다 방귀까지 쏜다
어떨 땐 죽은 사람처럼 숨도 쉬지 않다가
우레가 치듯 코를 골며 잠자는 김 병장
밤의 일기예보
매일 먹구름과 천둥이 동반된 흐림이다
언제쯤이면 맑은 날의 예보가 나올까

대장보다 높은 계급으로 칭송받는다

병 세계에선 짬밥 그릇 수가
신분과 권력을 결정한다

학창 시절의 빛나는 성적도
사회에서 쌓은 화려한 경력도
아무런 의미가 없다

땀과 눈물로 쟁취한 밥그릇 수만이
진정한 자부심과 명예가 된다

병장은 모든 병사들의 꿈
장군도 부럽지 않은 존엄의 자리다

그 위에 더 높은 존재가 있다
전역을 앞둔 '갈참' 병장

대장보다 높은 계급으로 칭송받으며
신과도 같은 존경을 받는다

병사들 세계에선 오직

밥그릇 수만이 진정한 가치를 지닌다

마지막 전우

백골부대 도창리 대대에
매일 일직 근무자처럼
탄띠에 수통을 차고 출근하는 이 중사

수통은 수통이 아니고 술통이다
수통에 담긴 술을 물처럼 마시며 근무하는
월남전 훈장까지 받은 이 중사

적 지역 정찰 중 후배 강 중사가 사망하자
엄호를 잘못해 순직했다고 자책하며
월남전 수통을 달고 다닌다

술 없이는 살 수 없다는 이 중사
만년 같은 계급을 산다

보급품이 나와도 수통은 바꾸지 않는다
수통은 이 중사를 지키는 마지막 전우다

동해

우리 동네가 달궈지고 있다
용광로 속에 갇힌 것 같다

터 잡고 살다 소련으로 떠난
명태 형님을 욕했는데

이젠 형제들과 이웃들도
명태 형님의 뒤를 따라
하나둘 떠나가고 있다

고향에 낯선 일본 방어들이
침략자처럼 몰려오고 있다

동해를 집어삼키고
주인 행세를 하고 있다

이제 푸른 내 고향은
붉은 피로 물들고 있다

위병소

1983년 6월,
동기 6명과 백골 부대에 전입했다

38선 최선봉 돌파 연대, 도창리 대대
위병소에서 우리는 군기를 잡았다

선배 조언에 따라 위병소 군기를 잡아야
소문이 퍼져 우리를 예우할 것으로 믿었다

근무자 경례 소리가 작다고
경례하는 손가락이 벌어졌다고

위병조장이 친절하지 않다는 이유로
근무자를 쥐 잡듯 했다

그 후 용사들은 푸른 소위를 만나면
맹수 앞 토끼처럼 떨었다

지금 생각하면 부끄럽다

그들도 나라를 지키는 백골 전우였는데

수사관 강 준위

돋보기 너머로 사고 기록을 훑는
강 준위의 눈빛은 냉철한 맹수다

"전 중위, 콩밥 먹고 정신 차리겠어요"
진술서를 찢더니 내동댕이친다

강 준위는 책상을 내리치며
"중대장이 휴가면 대리 근무를 잘해야지"

벙커 속 혈서 색즉시공 공즉시색의 외침
총기 자살한 이유를 똑바로 쓰세요

한 일병, 동작 느려 왕따에 애인과 결별
전 중위, 대리 근무자로 총기 관리 소홀

도살장에 끌려온 소처럼 벌벌 떨며
진술서를 쓰고 지우고 또 쓰고 지운다

파견 갔던 헌병대 구 중위가 달려와

"*동기생인데 잘 처리해 달라*"부탁한다

개머리판

개머리판이 사라졌다

후보생 시절부터 배운 건
총은 군인의 생명

내일 점호까지 찾지 못하면 죽음이다
타 중대 개머리판이라도 훔쳐야만 한다

나는 낮은 포복으로 A형 텐트를 향해
살금살금 접근한다

텐트를 덮은 흙과 돌을 치우고
손을 안으로 쑥 집어넣는다

작은 틈으로 빠져나온
잠꼬대 소리에 놀라 날쌔게 손을 빼며
감전된 듯 번개같이 납작 엎드린다

뱀

한여름 둥근달이 뜬 밤
철원 남대천에서
원산폭격 받는
막 전입 온 전 소위

다급한 목소리로 선배님!
왜?
뱀이 다가오고 있습니다
그래서?
더욱 다급한 목소리로 서, 선배님!
왜?
뱀이 혀를 날름거리며 노려보고 있습니다
그래서, 어쩌라고?

눈동자와 눈동자가 마주쳤다
눈동자와 눈동자에 사이는 50cm에 불과했다
전 소위는 난생처음
커다란 공포를 느꼈다

박자의 변주곡

전빈이라는 이름이
바닥에 떨어졌다

장교 임관 선서 연습 중
박차가 깨져
동기들까지 얼차려를 받는다

"전빈 대신, 전골빈이라고 해!"
선배가 구둣발로 정강이를
걸어차며 고함지른다

떨리는 목소리로
"전골빈" 하며 오른손을 내리자
박자를 찾았다

그때부터 내 이름은
"전골빈"이 되었다

II급 비밀

사단에서 군사 비밀 수령 후
차 타고 복귀하다 궁금해 펴보는데
바람이 비밀을 물고 달아난다

급정거할 수 없어
유턴해 급히 달려갔더니
도로 옆 닭장으로 빨려 들어갔다

비밀을 회수하러 다가가자
닭들이 서로 차지하려고
깃을 꼿꼿이 세운다

비밀이 들어 있는 걸 아는 걸까
독차지하려고 안달이다

비밀은 은밀하고도
달콤한가 보다

남한산성

남한산성 야외 훈련장
소낙비 쏟아지는 점심
식판에 국이 철철 넘친다

물개처럼 춤추는 소고기
해파리처럼 떠다니는 미역

마른 밥은 물밥이 되고
미역국은 빗물 콧물과 섞여 밍밍하다
눈물로 간을 맞춘다

먹고 먹어도 끝이 없는 미역국

식사를 마치고
하늘을 올려다본다

군복

삼십여 년 복무하다
예편하니 초록색은
모두 군복이다

생일날 완전군장
얼차려 받고 정강이에 날아든
선임의 군홧발 말씀
이것이 시작이다
군복의 말씀
시작은 불꽃이다

세월 돌이켜도 초록은 동색이다
평화 먹어 살리는 색
퇴역 백발 가슴 펴게 한다
군복은 힘이 세다

ROTC

ROTC 후보생이 되자
나는 무대 위 코미디언이 되었다

담배를 피울 수도, 우산을 쓸 수도
모자를 벗을 수도, 사복을 입을 수도
차를 탈 수도, 걸을 땐 말할 수도 없다

국군의 날 시가행진하듯
90도 팔 흔들며 걷는 로봇

선배를 보면 떨리는 목소리로 대포 쏘듯
"충성" 구호로 경례하는 1년 차 후보생

쫄아 같은 쪽 팔다리를 흔들며 걸으면
일반 대학생들은 배꼽 잡고 웃어댄다

1년만 참으면 백장미를 달겠지
2년만 참으면 다이아몬드를 달겠지

집 나설 때면 거울 앞에서 주문을 건다

낙하산

"아빠랑 같이 하늘을 날고 싶어요"
특전사 아빠와 5살 아들의 새끼손가락 약속

18년 후 소위가 된 아들이 특전사에 입대했다
첫 강하 날 아들과 함께 CH-47 헬기를 탔다

"고리 걸어! 강하 지역 1분 전!"
고막을 찢는 강하 조장의 목소리

다가온 운명의 순간 아들과 눈빛을 교환한다
강하 표시등이 녹색으로 바뀌자
"준비~뛰어!" 구령에 창공에 몸을 던졌다

"일만~이만~삼만" 예비 낙하산 잡고 외치자
수많은 백장미가 하늘을 수놓는다

'살았다' 생각도 잠시 내 낙하산이 꼬였다
아들의 절규 "아빠! 좌로 돌리세요 좌로"

필사의 낙하산 조종으로 무사히 착지했다

아들은 눈물을 글썽이며 엄지척한다
나도 아들을 꼭 안아주었다

5분 대기조

모래사장에서 긴 눈만
잠망경처럼 밖에 내놓고
주변을 살피다
사람들 기척만 들려도

잽싸게 전투태세를 갖추는 칠게

늘 긴장 속에서 살아간다

나처럼

그림자

그는 내 그림자였다 맑은 날에도 흐린 날에도 비 오는 날에도 밤에도 꿈에도 나를 따라다녔다 독수리훈련 때 백린 연막탄 사용 통제를 잘못한 내 탓에 유 중사는 한쪽 팔을 잃었다 그날 이후 그는 내 그림자가 되었다 나를 원망하는 눈초리의 그림자 길을 가다 나는 섬뜩 놀란다 발치에서 노려보는 푸른 눈의 그림자 두렵다 15년 지난 어느 날 그는 목사의 그림자가 되어 나타났다 그림자는 이해한다며 한쪽 팔로 나를 안았다

제3부

도시락밥을 뜨끈뜨끈 알불에 데워

도시락밥을 뜨끈뜨끈 알불에 데워

하얀 눈 덮인 강원도 산속 툰드라 같은 겨울
소달구지도 타고 나무하다 도시락 먹던
중학교 겨울방학 생각이 불현듯이 난다

해뜨기 전, 산으로 가는 길 뽀드득 달랑 딸랑
새들도 함께 가는 길 기쁜지 찌르르 찌르르

아버지는 톱으로 쓱싹쓱싹, 우지직 뚜두두둑
나는 잘린 나무를 달구지에 차곡차곡 싣는다

허기진 배에 썬 김치와 참기름 송골송골 뿌린
도시락밥을 뜨끈뜨끈 알불에 데워 냠냠 짭짭
새에게도 주며 먹던 산속 식사 잊을 수 없다

해지기 전, 집으로 가는 길 뽀드득 달랑 딸랑
새들과 함께 가는 길 신났다 휘리릭 휘리릭

고들빼기와 나비

작은아버지 처가에 따라갔다가
처음 먹어본 고들빼기 무침
쌉싸름 달콤한 맛에
밥을 두 그릇이나 뚝딱 비웠다

어머니께 말씀드리니 바로 집 뒤에
밭을 만들어 고들빼기를 심으셨다

고들빼기를 좋아하는 건 나만이 아니었다
노랑꽃이 피면 나비가 날아들었다

유품

얼차려 받을 때도
완전군장 메고 뺑뺑이를 돌 때도
100km 철야 행군을 할 때도
왼쪽 가슴속에는
언제나 어머니의 거울이 들어 있었다

나의 모든 독백을 비추던 너는
어머니가 처녀 때부터 아끼던 것이었는데
군 생활이 힘들거나 당신이 보고 싶을 때
꺼내 보라고 하시던 거울
제대하면 다시 돌려달라고 하던 거울이었는데
전역 1달 남기고 암으로 돌아가신 어머니

조심해 군 생활을 하라는 다정한 음성이 들리고
포근하게 안아주시던 부드러운 감촉과 향기가 난다

어려울 때마다 나를 지켜주는
입대할 때 받은 어머니의 거울

지금도 내 곁에 있다

손수건

어릴 적 열병 걸리면
목에 둘러주던
아버지의 손수건
가슴에 내려와서 따뜻한
손이 되었다

그 손수건
머리도 감싸주고
식은땀도 닦아 주고
잠 못 자고 뒤척이면
다독여 주곤 했었지

오늘 아버지 제삿날
그 손수건 나비 되어
날아와 나비춤 춘다
일렁이는 촛불에서
아버지의 냄새난다

어린 느티나무

장마에 어린 느티나무가 떠내려가다가 학의천
다리에 걸려 떨고 있다고 아버지께 말했다

아버지는 힘들게 건져 7살 생일 기념으로 마을
어귀에 심자, 새도 기뻐 노래한다 잊고 있었다

대학교 입학할 때 제일 큰 사람보다
더 크게 자랐다 또 잊고 있었다

아버지 별나라 가실 때 시골집 굴뚝보다
더 크게 자랐다 또다시 잊고 있었다

7살 어린이가 어느새 백발노인이 되자
우리 고향 벌말에서 제일 큰 나무가 되었다

이제 사람들과 새들이 느티나무에 모여 쉰다
어린 느티나무는 우리 마을의 명물이 되었다

노대바람

어둠 속 미로에서 길을 잃고 헤맬 때
노대바람의 울음소리가 나를 깨웠다

할아버지 미소처럼 아늑한 곳
할머니 음성처럼 정다운 곳
아버지 등처럼 믿음직한 곳
어머니 품처럼 늘 따뜻한 곳
형의 배려처럼 힘이 되어주던 곳
누이처럼 사랑이 샘솟는 곳이었다

홀연 군에 있을 때 화마가 삼킨 집,
가족의 추억이 서린 고향 집이다

눈라면

한라산 눈보라 속의 고라니처럼
특전 중대원들과 한라산에서 훈련 중이다
다시 눈송이가 폭탄처럼 떨어지기 시작한다

끼니를 위해 정상에서 눈 벽돌로 바람벽 쌓고
반합에 눈을 녹여 물을 만든 후
눈물, 콧물, 눈 수프까지 넣어 끓인 눈라면

고라니도 다가와 먹던 눈라면
훈련의 고통도 잊게 한 눈라면
내 인생 가장 맛있게 먹었던 한라산 눈라면

퇴역 후 눈라면을 먹었던 전우를 만났다
이젠 그 맛을 기억하지 못한다며
시간이 모든 걸 삼켰다며 쓸쓸하게 웃는다

잔치국수

낡은 군복에 목발 짚는 남자
식당을 들어서며 주변을 훑는다

잔치국수 곱빼기를 시키더니
검은 선글라스를 쓴 채
후루룩후루룩 국물까지 비운다

한 그릇 더 주문,
배곯은 짐승처럼 서둘러
다 먹어 치운다

일순간 식당 문을 열고
다리를 절뚝거리며 줄행랑친다

주인 할머니는 쫓아 나가 외친다
"뛰지 마, 배고프면 또 와"

그 후 파리만 날리던 국숫집,
봄날 꽃처럼 손님이 피어난다

팬티

영길이 큰형님 입영 전날 밤
어머니는 호롱불 밑에서 광목천으로
팬티 안쪽에 비밀 주머니를 만든다

왼쪽은 만 원을 넣어 꿰맸고
오른쪽은 동네 분들이 주는 격려금을
넣으라고 당부한다

반입 금지품을 조사할 때
팬티 속까지 검사는 안 한다고 하니
배고프면 그 돈으로 PX 가라고 한다

입대 날, 정류장엔 동네 분들이 모여
1~2천 원을 주며 처자식 걱정 말고
군대 잘 갔다 오라 한다

야속하게도 마을버스는 어김없이 온다
어머니와 형수는 형님 손을 잡고 울자
이제 막 돌 지난 조카도 따라 운다

지구

곱은 손으로 여주 삿갓봉에
남편을 묻고 내려오는 길

4월의 하늘은
진눈깨비 뿌리며
온몸이 수전증처럼 떨린다

53년 후
남편의 산소에서 내려오는 길

4월의 하늘은
태양을 토하며
땀방울이 비처럼 몸을 적신다

노모는 말한다
53년 전과 후의 날씨가
너무 다르다고

꿈

아버지가 땀을 줄줄 흘리는 어머니에게
쪽박으로 물을 좍좍 뿌리며 등목해 주고
윗도리를 걸치는 어머니에게 부채질한다

어머니도 땀을 쫄쫄 흘리는 아버지에게
바가지로 물을 좍좍 끼얹으며 목물해 주고
러닝셔츠를 입는 아버지에게 부채질한다

생시처럼

추억의 집 찾아가기

대위 때 결혼해 처음 살던
부개동* 신혼집에 가본다
내 그리움이 뛰기 시작한다

외아들 덕재가 태어난 곳

말을 더듬거리며 아장아장 걷다
넘어지는 아들의 모습이 보인다

화단 앞에서 꽃에 물 주는
아내의 뒷모습도 보인다

난, 술에 취해 현관 입구까지 와서
종종 쓰러지곤 했었지

웬 낯선 사람이 집을 쳐다본다고
젊은 집주인이 경계한다

벨을 눌러 이야기를 나누려다 그만둔다

나만 아는 추억의 집,

내 마음의 문을 조용히 닫는다

* 인천 부평구에 있는 동네 이름.

군인 아내

군인 남편 따라 27번째 이사한 아내
속초에서 대구로 이사 온 다음날

핸드폰을 집에 두고 나갔다
"18시 목욕탕 갑니다" 메모만 남긴 채

늦어도 세 시간이면 오던 아내가
다섯 시간이 지나도 소식이 없다

인기척에 문을 여니 옆집 사람들이다
카운터에 전화해도 그런 사람 없다고

내가 좋아하는 김치찌개를 끓여놓고
별의별 생각이 다 든다 벌써 자정이다

실종 신고를 하고
경찰과 함께 목욕탕을 찾았다

24시 찜질방 한구석에서

머리를 헝클어뜨린 채

세상모르고 자는 아내를 발견했다

용돈

요양원 계신 어머니
정신은 등댓불처럼 깜빡이는데

아들만 보면 같은 말을 되뇌신다
"느그 아부지 오해, 풀었어야 했는데"

매달 군인 아들이 보내는 용돈이 끊기자
빙하처럼 얼어붙어 가슴앓이하던 분

막일하며 공부시킨 아들
벌써 말똥 2개나 달았다고 자랑하던 분

용돈으로 친구들에게 술 한잔 사면
효자 두었다는 말에 웃음꽃 피우던 분

아버지 장례 후 발견한 통장
2년 치 용돈이 모래성처럼 쌓여 있네

장미의 딸

학교에서 전화가 왔다
가슴이 발갛게 달아올랐다

급히 학교로 내달렸다
담임 선생님 하는 말
"어머님, 장미같이 예쁘시네요"

중3 딸이 옆에서 톡 쏜다
"우리 엄마, 화장발이에요"

눈을 흘겼다
선생님이 당황하여
웃음을 터뜨렸다

외동딸이 선생님을 보며
"저도 분 바른 장미예요"

냉장고 안에 서리꽃이 핀다

어머니 집 냉장고 문을 열면
하얀 서리꽃이 피어 있다
어머니 세월이 쌓인 시계꽃

예전에 잡채, 미나리전을 들고 가면
어머니 얼굴에 해바라기꽃이 피었는데

도깨비바늘처럼 날카로운 서리꽃이
그 자리를 차지하고 있다

어머니 집을 찾는 날은
서리꽃을 버리는 날

씻어서 먹으면 된다고 말하는
어머니와 실랑이하는 날

언젠가 내가 좋아하는 음식에도
어머니 머리카락 닮은

하얀 서리꽃이 피겠지

하늘

아버지는 코뚜레를 잘 만들었다
소죽 쑤며 잉걸불에 노간주나무 구워
대장장이 쇠를 휘듯 뚝딱 만들었지

그 코뚜레 고향 집 담벼락에 걸려 있다

일년생 송아지는
코청을 뚫어 코뚜레를 단다
코청에 소금을 쓱쓱 바르고
소주를 부으며
송곳으로 코청 한가운데를
단번에 뚫으면
송아지는 펄쩍펄쩍 뛰며
눈물을 뚝뚝 흘렸다

하늘을 올려다본다
아버지의 하늘에
코뚜레가 걸려 있다

'이러이라' 소리 들린다

아버지!

하늘 농사 잘 짓고 계시지요?

열한 살

초등학교 5학년 외아들 덕재
어느 날 갑자기
"엄마, 나 우울해"

열한 살 입에서 터져 나온 말
우울함이 뭔지 알기나 할까?

늘 사고뭉치에 놀기만 좋아하는
하나뿐인 아들 때문에

난 우울해지려던 생각을 멈추고
아들의 눈동자를 들여다본다

눈동자 속에 고인 우울
순간 "왜 우울한 거니?"
물음을 삼키고 꼭 안아주었다

공부

초등학교 4학년 딸
책 속에 묻혀 산다
엄마처럼 미용사가 될 건데
왜 그렇게 열심히 공부하니?
기술만 익히면 되는데
그렇게 열공 안 해도 돼
엄마는 네가 걱정된다
제발 좀 나가서 놀아라
엄마! 저는 공부가
너무 재미있어요
손에서 책을 놓지 않는다
그 외동딸, 대학을 졸업하고
미용대 교수가 되었다

둔내면 조항리 685번지

마당에 닭과 토끼
마루에 누렁이와 고양이
노모 곁에 졸고 있다

쌔근쌔근, 소록소록
숨소리까지 온화한데
갑자기 처마에 달린 고드름이 떨어지며
모두 일제히 놀라 깬다

그것도 잠시
쓱, 고개 한 번 돌려보더니
또 존다

다시 고요함이 흐르는 집
올겨울도 또 이렇게 지나가고 있다

제4부

백장미

생리대

어머니의 사랑과 고통이 담긴
마른 천에 활짝 핀 붉은 장미

나는 그 낡은 천 속에서 태어난 사람
어머니의 사랑 꽃이다

매달 한 번 부끄러움 감추려고
은밀하게 빨고 말리던 생리대

일하랴, 물 길어오랴, 빨래하랴
밥하랴, 청소하랴 정신없이 살던 어머니
숨겨둔 생리대, 결국 아들에게 들킨 비밀

헌 옷 가위로 잘라 만든 생리대
산골에서 4남매를 키워낸 어머니의 우주

마트에 가면 별이 된 어머니를 생각하며
붉은 장미가 피는 생리대를 공손히 쳐다본다

선인장

사막에서 피는 선인장처럼
군대의 인연은 시작되었다

언제나 부하와 함께
걷고 먹고 울고 뒹굴었다

나는 부하의 마음을 먹고
부하는 내 계급을 먹었다

전역한 뒤에도
옛 전우들이 찾아온다

우리는 그 시절이 그리운지
웃고 떠들며 추억을 피운다

텐트꽃

자대 배치 1주일 만에
시작된 혹한기 훈련
바람은 칼날처럼 피부를 찌른다

A형 텐트를 치려 하는데
얼어붙은 땅이 강철로 변했나
팩을 박으려 해도 거부한다

더 세게 더 빨리 팩을 패자
불똥만 튀고 부메랑 되어
얼굴을 때려 피가 흐른다

하지만 노련한 부사관들은
땅과 밀애를 나누듯
천천히 달래며 텐트꽃을 피운다

이 세상 모든 관계도 언 땅에
텐트 치는 상황을 닮지 않았을까

소주병

강원도 고추밭, "도와주세요"
할머니의 비명이 울려 퍼진다
양수는 터지고, 가위는 없다

옆 밭에서 일하던 검은 고모가
밭두렁에 버려진 소주병을 깨서
탯줄을 끊어 아버지가 태어났다

남편은 대구로 돈 벌러 떠나고
할머니는 산후조리도 못 한 채
감염으로 일주일 만에 생을 마쳤다

검은 고모 등에 업힌 아버지는
동네 아낙네들 젖동냥으로 자랐다

아버지는 소주병에서 태어난 사람
소주를 젖 빨듯 들이켜다 하늘 갔다

초코파이

대대장이 나를 보더니
"초코파이! 잘하고 있나?"
대답 대신 방독면을 꺼내 보였다

초코파이를 방독면 대신 넣고 평가받다
화생방 상황 시 방독면이 없어 사망 판정

그 순간부터 "전 소위" 대신
"초코파이"로 불리게 되었다

달콤한 초코파이 유혹에 넘어간 나,
창피해 얼굴을 들 수 없었다

대위 때 전출 간 뒤로는
초코파이 유혹을 되새기며 근무하자
별명이 FM으로 바뀌었다

안개꽃

낙하산 타고 백마산에 내린 전우들
부대로 돌아가는데
오줌보가 부풀자 안절부절못한다

영하 9도 트럭은 천막을 벗고 맨몸으로
오들오들 떨며 올림픽 대로에 들어서자
퇴근 차들과 얽혀 기어가는 듯한다

부대는 아직 먼데 참을 수 없어
너나없이 폴짝폴짝 뛰어내려
대로변에 노상 방뇨한다

눈에서 뭉실뭉실 꽃이 피어나자
사람들은 걸음을 멈추고 사진을 찍으며
샛노란 안개꽃을 감상한다

어떤 해프닝은 꽃이 되기도 한다

유골

"유골이 많아 유골함에 다 들어가지 않습니다
나머지 유골은 어떻게 처리해 드릴까요?"

다른 사람보다 키 하나, 덩치만큼은 크다 보니
세상에 남겨질 유일한 흔적마저 넘친다

형상을 버린 후 나는 다시
벌레가 되고 나무가 되어 지상을 서성인다

전장 정리

갈갈이*는 찌꺼기를
순식간에 먹어 치운다

그의 날카로운 이빨은
어둠 속에서도 빛난다

굶주린 흡혈귀처럼
모든 오물을 집어삼킨다

적 지역에서도
비트, 밥 먹은 흔적을

갈갈이처럼 처리하지 않으면
적은 추적해 온다

* 음식물 쓰레기 처리기.

군화

군화는 내 발을 감싸주는
어머니의 품과 같았다
유격훈련 시 똥물에 빠져도
혹한기 훈련 시 얼어붙어도
장마철 순찰 시 진흙탕에 빠져도
철야 행군 시 못이 올라와도
5분 대기조 시 무좀이 춤춰도
강하 시 간이 콩알만큼 작아져도
해상 훈련 시 바다에 빠져도
애인이 면회를 왔을 때도
군화는 늘 내 그림자였다
퇴역 후에도 군화는
나와 함께 산행한다
군화는 아내 같은 내 동반자다

등단

퇴역 후
밤바다에 몸을 던졌다

어둠 속 일렁이는 파도에
시상이 어른거린다

불면의 4년이 준
등단의 기쁨

소년 시절의 꿈이자
버킷리스트는 이루었지만

걱정이 밀려온다

시상의 강물 흐르는 밤
낮 시간은 멈춘다

똥의 탄생

똥이 안 나온다
일주일째 안 나온다

제왕절개라도 하고 싶다고,
똥구멍을 파내고 싶고 하자
아내가 말한다

"조금만 더 참고 기다려봐요"

참고 기다린 보람이 있었나
팔 일 만에 진통이 온다

웃통도 벗어 던지고
젖 먹던 힘까지 동원해
양손으로 배를 누르자
아이가 나오듯 머리를 내민다

똥은 똥을 쌓아 올린다

화변기가 넘친다

진급도 마찬가지다

꽃

모두 잠든 밤, 용사들은 별빛을 따라간다
어느 날 군화도 지쳐 못을 세우고 데모하면
발바닥 아래에선 용암처럼 불꽃이 솟는다

산과 강을 넘다 만난 어린 별꽃에게
"절대로 아들은 낳지 말라"라고 말한다

"왜, 수염을 깎지 않나요"라고 물으면
"수염꽃을 길러 팔 생각이다"라고 답한다

"얼굴과 옷에 핀 흰꽃은 뭐예요"라고 물으면
"땀에서 핀 소금꽃이야, 걸으면 생기니
소금을 살 필요가 없지"라고 답한다

휴식 시간 발바닥이 아우성치면
바늘로 물집에 실꽃, 반창고로 불꽃을 감싼다

발바닥에 불꽃이 일어도 걸을 수 있지만

배가 꾸르륵꾸르륵 울면 제자리걸음

그래도 용사들은 천리행군을 하며
목표를 향해 한 걸음씩 나아간다

택배

결혼 전엔 보여주며 자랑하던 택배
이제는 숨기고 싶은 두려운 택배다

오늘 남편은 중대 회식이라며 나갔다
택배가 올 시간이 되었는데

주인 기다리는 개처럼 문만 바라본다
핸드폰은 꺼져 있고 지하철도 끊겼다

벌써 새벽 두 시, 침묵만이 답한다
나만 아는 택배는 어디에도 없다

택배는 처음부터 물건이 아니었다
회식만 가면 택배처럼 배달되는 남편
언젠가부터 그는 물건으로 변해버렸다

반품하고 싶은 갈등 속에
오늘 밤도 깊어만 간다

GOP

똥 냄새 진동하는 화장실 앞에서
머리를 박고 다짐한다

장맛비 소리에 젖은 밤
점호 후 막사 뒤에서
나는 또 머리를 박고 결심한다

빗물은 시야를 가리고
온몸은 물먹은 솜처럼 부푼다

임신한 아내와 노모의 기도 소리가
마음 한구석에 울려 퍼진다

무심한 철책선을 순찰할 때,
심장이 두근거리며 뛰논다

2년만 견디면 새처럼 자유롭게
남쪽 고향으로 날아갈 수 있다

수녀

외동딸 음주 운전 사고로
미래가 보장된 직장을 잃자
고모는 절망의 크레바스에 빠져 결빙되었다

봄이 한겨울로 변한 고모는
빙하에 떨어진 별똥별처럼
낯선 제주로 이사도 했지만 해동되지 않았다

된서리 맞은 배춧잎처럼
생각과 몸은 서로 갈라져 버리고 입은 굳어
고모 부부는 병원만 들락거렸다

그렇게 10년이 지난 어느 날
딸아이가 수녀가 되어 돌아왔다

고모 부부의
오기는 탁 흘러내렸다

겨울도 봄도 아닌 계절이 찾아왔다

백장미

우리는 구름 속으로 몸을 던졌다

백장미가 피었나 확인 순간,
서 하사 낙하산과 엉켜 추락한다

땅에 닿기 전 운명의 실타래가 풀려
나는 무사히 착지했으나 서 하사의
낙하산은 민가 가래나무에 걸려 멈췄다

서 하사는 왼쪽 무릎 골절로 장애인,
가래나무는 부서져 장애목이 되었다

35년이 지난 후에야 서 하사와 함께
가래나무를 찾아갔지만 주인은 없다

장애목에 술을 따르고 절을 올리자
바람이 일며 어디선가 목소리가 들렸다

"그 가지에 가래가 제일 많이 열렸네"

병영에서의 삶, 세상에서의 꿈

이승하

병영에서의 삶, 세상에서의 꿈

이승하

(시인, 중앙대 교수)

　전시우 시인은 육군 대령으로 예편한, 전직 군인이다. 출생지는 강원도 횡성의 둔내라는 곳, 이른바 '깡촌'에서 태어나서 자랐다. 군에 있을 때 그의 이름은 전상무였다. ROTC 출신으로서 전상무 소위에서부터 전상무 대령까지 불리던 그가 군복을 벗고 난 이후 시작에 몰두한 것은 이 세상을 향하여 털어놓고 하고 싶은 이야기가 있었기 때문일 것이다. 중앙대 예술대학원 문예창작전문가과정에 입학한 이후, 각고의 노력 끝에 작년에 등단의 꿈을 이뤘고 이제 첫 시집을 준비하고 있다.

　30년 이상 군복을 입고 있는 동안 그의 눈에는 초록색 군복과 파란 하늘색만 들어왔었다. 간간이 흰색 구름도 보기는 했지만 그 구름에 오래 시선을 줄 만큼 한가하지 않았다. 책임과 의무를 다하는 동안 만난 수많은 군인들, 군문 안에서 겪었던 수많은 일들, 군문 바깥의 일들에 관한 관심, 그리고 수많은 꿈⋯⋯. 언어로 풀어내고 싶은 이야기보따리가 있었기에 시를 쓰게 된 것이 아닐까. 그래서 시집에는 제복을 입은 사나이들에 대한 이야기가 종종 나온다. 대령으로 예편한 이가 시인이 된 사례가 거의 없었기에 전시우 시인의 시는 하나같이 새롭고 신선하다.

할아버지 그림자에 숨어 살던 아버지
할아버지 소개로 18세 어머니와 결혼
결혼하자마자 바로 입대했다고

1960년 강원도 둔내 첩첩산중
어머니는 시조부를 모시고 일하며
남편 휴가만 손꼽아 기다렸다고

8개월 만에 휴가 나온 남편은
할아버지 그림자에 갇혀
어머니 곁에 다가오지 않았다고

할아버지 품에 안겨 아기처럼 있다가

말없이 귀대했다 말하며

어머니는 입대하는 나를 꼭 껴안는다

—「입대」 전문

아버지도 군인이었다. 아버지는 장가를 가자마자 입대하게 되었다. 부부가 생이별을 하게 된 것이다. 8개월 만에 휴가를 나왔는데 할아버지가 무슨 이유에서인지 부부의 한방 쓰기를 허락하지 않았나 보다. (너무하셨다.) 자신의 독수공방 시절 얘기를 아들에게 들려주며 어머니가 입대하는 아들을 꼭 껴안는데서 시가 끝났다. 내 너를 임신하는 것이 그렇게 어려웠단다. 그 얘기를 대신한 포옹이었을까. 자, 이제 화자가 아내를 만나서 해로하는 과정을 살펴보도록 하자. 이 시의 시편이 대체로 본인 체험의 산물이라는 전제하에 읽어볼까 한다. 다음 시는 연애 시절의 일화인가?

군장 검사를 위해

식당 청소 후 서둘러 달려와

위장 크림을 찾는데 없다

막내인 내가 또 지적받으면

분대의 포상 휴가가 날아간다

할 수 없이 구두약으로

얼굴, 손을 숯처럼 위장하고

군장 검사를 통과했다

예고 없는 깜짝선물

애인이 첫 면회를 왔다

외출 준비를 하는데

구두약이 지워지지 않는다

애인의 입맞춤으로

내 얼굴이 환해진다

―「입맞춤」전문

　이 시는 군 생활을 해보지 않은 사람은 상상할 수 없는 상황
이다. 군장 검사 때 위장 크림이 없어 구두약으로 얼굴과 손을
위장했으니 일단 임기응변식으로 위기를 넘겼다. 문제는 얼굴
에 바른 구두약이 잘 지워지지 않는다는 것. 첫 면회 온 애인
은 그 얼룩덜룩한 얼굴을 보고 기절초풍했겠지만 안타까운 마
음에 입맞춤을 해주니 얼굴이 환해진 군인 전상무. 설사 자신
의 일화가 아닐지라도 군에서는 충분히 있을 수 있는 일이다.

그 애인이 아내가 되었는데 첫날밤에 그는 그녀의 발이 찬 것을 알았다. 흔히 몸이 냉하다고 하는데, 한방에서는 보약을 꾸준히 먹어야 한다고 말한다.

아내의 발이 겨울이다
결혼 첫날밤 알았다
얼음처럼 냉기가 흐르는 발

나는 여름이고 아내는 겨울이다
밤 되면 겨울이 여름을 만난다
여름 몸에 다리를 걸쳐야 잠드는 겨울

여름이 겨울을 잠재운다
서로 섞이는 잠
우리 부부는 몸과 발이 아는 계절이다
―「아내의 발」 전문

발이 찬 여성과 발이 따뜻한 남성이 만났으니 이를 두고 천생연분이라고 할까, 두 사람은 부부가 되어 체온을 전하면서, 서로가 서로에게 기대어 산다. 한자인 사람 人자를 보면 두 사람이 서로에게 기대고 있는 모양이다. 그런데 이 한 쌍의 부부는 산전수전을 다 겪는다. 군인의 봉급이라는 것도 그다지 넉

넉한 편이 아니다. 두 사람 먹고살고, 아이 교육비를 대면 저
축하기가 쉽지 않다. 한마디로 말해 빠듯하다. 그런데 아내 쪽
에서 몸이 아프다면?

군인 아내로 서른 번 넘는 이사
아내의 허리는 태풍에 쓰러진 나무가 되었다

아내의 생일날 선물한 복대 껍질은
하늘이 준 보물인 듯
아내에게 지팡이요, 마약이라고 한다

두르기만 하면 가족을 위해
어떤 일이든 해낼 수 있는 힘을 준다고

껍질이 있어
다시 일어설 수 있게 되었다고

마치 하늘이 내린 선물인 것처럼
아내의 허리를 일으켜 세운다

        —「나무」 전문

눈물겨운 시다. 이 시의 화자(군인)와 아내만 그런 것이 아

니리라. 서른 번 넘게 이사를 하는 동안 군인의 아내는 허리를 다치고 말았다. 그 아내에게 화자가 사준 것은 고작 복대 하나. 그런데 그것이 만병통치약인 양 고마워하면서 다시금 힘을 내어 집안일을 하는 아내는 하늘에서 화자에게 보내준 천사가 아닌가 하고 생각하는 것이다. 군인이 지켜본 다른 군인의 경우도 종종 시의 소재가 된다.

원치 않는 계급을 달고 왔음을
잘 알면서도 전우들은 하사를
흩날리는 나뭇잎처럼 흔든다

어제까지 어깨를 나란히 했던
친하던 선임, 따르던 후임들도
이젠 본체만체 등을 돌린다

병장보다 늦게 밥을 주고
경례조차 하지 않는다
　　　　　　　　　　　—「단풍 하사」 부분

모내기 철, 시골 우리 동네 둔내로
대민 지원 나왔던 땅딸보 김 상사

못 줄에 맞춰 2~3cm 깊이로

모를 심으라고 시범을 보이던 김 상사

"못줄 옮기는 벌들 어디 갔나?"

병사들을 연주자처럼 이끌던 김 상사

거머리는 나만 좋아한다며 거머리를

툭 치며 모를 심던 까무잡잡한 김 상사

―「김 상사」 부분

동복 유격훈련장에서 200kg 목봉을

교관 호각에 맞춰 좌우 옮기며

체조하는데 산을 옮기는 듯 힘겹다

키 작은 난, 목봉이 어깨에 닿지 않아

손과 발을 들며 올렸다 내렸다 한다

8명 조원 이마에 땀이 줄줄 흐른다

키가 작아서 미안하고 부끄럽습니다

―「목봉」 부분

군 내부를 다룬 이런 영화 저런 드라마에는 성격이 고약한 상관이나 아주 가학적인 고참이 나오는데 전시우 시인의 시에서 그런 악역은 보이지 않는다. 이들 시에 나오는 군인은 하나같이 순진하고 어리숙하기까지 하다. 아주 인간적이고 선량하다. 하사 교육을 받고 돌아와 졸지에 상관이 된 '단풍 하사'를 병사들이 인정해주지 않지만 변함없이 대하는 하사는 천성이 착하다. 병사들을 이끌고 대민 지원을 나간 김 상사는 너무 착해서 유사시에 적을 향해 수류탄을 던지고 방아쇠를 당길 것 같지 않다. 그 김 상사는 아내의 암 수술 병간호를 위해 제대를 한다.

키가 작아 8명 조원 봉체조를 할 때 득을 보는 화자는 키가 작아도 까치발을 들 만큼 양심적이다. 양심의 가책을 느끼니 말이다. "훈련 끝나고 배식 줄에 서자/ 고참은 내 등을 툭 치며/ 제육볶음 듬뿍 담아줍니다// 눈물 흘리며 하나도 남기지 않고/ 밥과 반찬 다 먹었습니다" 같은 결구를 보면 마음고생을 한 화자의 고충을 이해해 주는 고참이 나온다. 사나이들의 전우애를 실감케 되는 시를 읽다가 군 내부의 동성애? 하면서 읽었는데 알고 보니 그렇지 않다.

"동작 그만, 충성! 총기 손질 중"
내무반 선임 정 병장이 경례한다

7년 늦게 입대한 동갑내기,

통하는 게 많아서 마음에 든다

전역한 정 병장을 만났다
식사 후 한강 변을 거니는데
갑작스러운 키스에 숨이 멎었다

음, 정~ 정 병장, 동작 그만!
상관이 허락도 안 했는데…

중, 중~ 중대장님, 동작 그만!
숨 가쁘게 더 세게 껴안는다

저항할 수 없는 사랑
국경과 계급을 초월한 사랑

정 병장은 운명적인 내 남편이다

―「한강」전문

  키스 장면에 깜짝 놀랐는데 정 병장은 훗날 남편이 되니 상
관인 중대장이 여성인가 보다. 정 병장은 제대를 해 민간인이
되었기에 이런 돌발적인 행동을 해도 미투가 아니요 하극상도
아니다. "음, 정~ 정 병장, 동작 그만!/ 상관이 허락도 안 했는

데"라고 외친 중대장은 부하에게 몸을 허락하고 마는데, 이러한 계급을 초월한 사랑이 해설자의 눈에는 마냥 아름답게 다가온다.

군 생활 중에는 이런 아름다운 사연만 겪는 것이 아니다. 수사관인 강 준위는 전 중위에게 직속 상관으로서 한 일병이 총기 자살한 이유를 대라고 소리친다. 화자는 "도살장에 끌려온 소처럼 벌벌 떨며/ 진술서를 쓰고 지우고 또 쓰고 지운다". 한 일병의 자살이 화자의 가혹행위의 결과가 아니라면 너무 억울한 일이다. 아래의 시는 가장 가슴 아팠던 일에 대한 회상기가 아닐까.

그는 내 그림자였다 맑은 날에도 흐린 날에도 비 오는 날에도 밤에도 꿈에도 나를 따라다녔다 독수리훈련 때 백린 연막탄 사용 통제를 잘못한 내 탓에 유 중사는 한쪽 팔을 잃었다 그날 이후 그는 내 그림자가 되었다 나를 원망하는 눈초리의 그림자 길을 가다 나는 섬뜩 놀란다 발치에서 노려보는 푸른 눈의 그림자 두렵다 15년 지난 어느 날 그는 목사의 그림자가 되어 나타났다 그림자는 이해한다며 한쪽 팔로 나를 안았다

―「그림자」 전문

이 시가 완전 실화인지 상상력이 가미된 것인지 알 수 없지만 아마도 실화에 가까울 것이다. 화자가 "백린 연막탄 사용

통제를 잘못한 내 탓"에 유 중사가 한쪽 팔을 잃었다고 했다. 그날 이후 화자는 죄책감에 시달리며 살아갔는데 15년이 지난 어느 날 유 중사가 "목사의 그림자"가 되어 나타났다고 한다. 그 그림자는 그 일을 다 이해한다면 한쪽 팔로 나를 안았으니 나는 그 이후 죄책감에서 벗어나게 되었을까? 정말 상관의 과오로 발생한 일이라면 모르지만 화자는 양심선언을 하듯이 그 일을 이와 같이 밝히고 있다.

시인은 영화 〈서울의 봄〉을 보고는 장태완 장군에 대해 안타까움을 느끼기도 한다. 장태완은 12 · 12 군사반란 당시 수도경비사령관이었다. 그는 온갖 고초를 겪은 뒤 1980년 1월 20일, 당시 육군 소장 정병주 장군 등과 함께 예비역 육군 소장으로 강제 예편되었다. 시인이 보건대 장 장군은 "어둠 속에 핀 한 송이 꽃/ 꺼져가는 희망의 등불" 같았지만 군사반란에 반대하였기에 결국 군복을 벗게 된다. 참된 군인의 길이 어떤 길인지 시인은 군복을 벗은 신분으로 생각해 보는 것이다. 그럼 군 내부에서 존경받는 인물은 어떤 인물일까? 놀랍게도 '짬밥'을 많이 먹은 사람이다.

　　　병 세계에선 짬밥 그릇 수가
　　　신분과 권력을 결정한다

　　　학창 시절의 빛나는 성적도

사회에서 쌓은 화려한 경력도

아무런 의미가 없다

땀과 눈물로 쟁취한 밥그릇 수만이

진정한 자부심과 명예가 된다

병장은 모든 병사들의 꿈

장군도 부럽지 않은 존엄의 자리다

그 위에 더 높은 존재가 있다

전역을 앞둔 '갈참' 병장

대장보다 높은 계급으로 칭송받으며

신과도 같은 존경을 받는다

　　　　—「대장보다 높은 계급으로 칭송받는다」 부분

　국방부 시계는 늘 잘 돌아가지만 "땀과 눈물로 쟁취한 밥그
릇"의 의미를 병들은 안다. 특히 전역을 앞둔 '갈참 병장'은 연
대장도 사단장도 부럽지 않다. 저 왕고참, 고생 많았지. 좋겠
다. 그런 마음으로 다들 우러러본다. 그래봤자 3년 미만인데
전상무 대령, 30년 넘게 군 생활하다 마침내 만기 제대를 하게
되었다.

삼십여 년 복무하다

예편하니 초록색은

모두 군복이다

생일날 완전군장

얼차려 받고 정강이에 날아든

선임의 군홧발 말씀

이것이 시작이다

군복의 말씀

시작은 불꽃이다

세월 돌이켜도 초록은 동색이다

평화 먹여 살리는 색

퇴역 백발 가슴 펴게 한다

군복은 힘이 세다

ㅡ「군복」 전문

　이 시의 제2연은 군 생활의 어려움을 딱 여섯 줄로 나타내
고 있다. 선임의 말씀 한마디면 생일이라도 완전군장을 하고
연병장을 도는 얼차려를 받는 것이 군인이다. 인권보다는 규
율이, 자유보다는 질서가 중요하게 다뤄지는 사회다. 그런데
바로 그 초록색의 세계에서 같이 뒹굴었던 전우를 제대 후에

만난다.

한라산 눈보라 속의 고라니처럼

특전 중대원들과 한라산에서 훈련 중이다

다시 눈송이가 폭탄처럼 떨어지기 시작한다

끼니를 위해 정상에서 눈 벽돌로 바람벽 쌓고

반합에 눈을 녹여 물을 만든 후

눈물, 콧물, 눈 수프까지 넣어 끓인 눈라면

고라니도 다가와 먹던 눈라면

훈련의 고통도 잊게 한 눈라면

내 인생 가장 맛있게 먹었던 한라산 눈라면

퇴역 후 눈라면을 먹었던 전우를 만났다

이젠 그 맛을 기억하지 못한다며

시간이 모든 걸 삼켰다며 쓸쓸하게 웃는다

― 「눈라면」 전문

한라산 눈보라 속에서 훈련 중에 먹었던 '눈라면'이었으니
얼마나 맛있었으랴. "눈물, 콧물, 눈 수프까지 넣어 끓인 눈라
면"이었다. 세월이 참 무섭다. 전우는 수십 년 전 훈련은 기억

하는데 그때 먹은 라면의 맛은 기억나지 않는가 보다. 군 생활 회상기에서 먹을 것을 빠뜨릴 수는 없다.

'남한산성'은 흔히 군 교도소를 상징하는데, 시「남한산성」은 그렇지 않다. 남한산성 야외 훈련장에 비가 내렸을 때 "마른 밥은 물밥이 되고/ 미역국은 빗물 콧물과 섞여 밍밍"하고 "눈물로 간을 맞"추었지만 그래도 맛있었을 것이다. 훈련 중에 먹는 밥은 밥과 국만 있어도 꿀맛이요 1식 3찬이면 수랏상 이상의 진수성찬이다.

전상무 상관은 무척 인자하고 인기가 있었던 모양이다. "전역한 뒤에도/ 옛 전우들이 찾아온다". "나는 부하의 마음을 먹고/ 부하는 내 계급을 먹었다"는 구절이 인상적이다. "사막에서 피는 선인장처럼/ 군대의 인연"(「선인장」)은 제대와 함께 끝나는 것이 아니다. 끈끈한 전우애가 군대라는 울타리를 넘어 사회에서도 이어지는 것이다.

시인은 시집 곳곳에서 아버지, 어머니, 아들, 고모 등의 가족과 마을 사람, 이웃 사람들의 삶을 들여다보기도 한다.「둔내면 조항리 685번지」에서는 고향 집의 잔영을 더듬기도 한다. 고추밭을 매던 할머니의 양수가 터져 아버지를 낳게 되었을 때 밭두렁에 버려진 소주병을 깨서 탯줄을 끊어 태어난 아버지가 소주를 젖 빨듯 들이켜다 하늘로 갔다는 「소주병」이 특히 감동적이었다. 제일 앞머리에 놓인 추억담도 가슴을 뭉클하게 한다.

소위 때 와수리 식당에서 본 그녀

그녀의 반짝이는 눈동자는

밤하늘에 빛나는 시리우스였다

나를 비추는 그 별빛에 감전되었다

순간 내 마음은 꽃밭으로 물들었다

주말이면 그 식당을 찾았다

하지만 한 달 후부터

그녀는 더 이상 보이지 않았다

버킷리스트를 쫓아 다시 찾은 그곳

그녀는 어느새 할머니가 되어

그 식당의 주인이 되어 있었다

세월의 흐름 속에서도

여전히 빛나는 눈은 시리우스였다

내 마음은 다시 꽃밭으로 물들었다

―「와수리」 전문

　아아, 해설자가 그 시절에 신삥 소위였다면 시리우스 별빛
의 눈을 가진 그녀를 어떻게 했을 것이다. 애인을 삼든가 아내

를 삼든가. 너무 점잖은 전상무 소위는 그녀를 수소문하지 않았다. 그래서 아내 분을 만났겠지만.

시가 쉬워 따로 해설의 글을 덧붙이지 않아도 이해될 터인지라 이 시에 대해서는 해설 쓰기를 생략하기로 한다. 그런데 분단 문제에 대해 논한 작품이 있어서 거론하여 볼까 한다.

고성 통일전망대 대공초소 근무 중
희미하게 보이는 제트스키를 발견했다

돌고래처럼 물보라를 일으키며
쏜살같이 북쪽으로 올라오고 있다

미승인 보트 월경 시
경고사격을 하라고 교육받았기에
M60 기관총으로 여러 차례 경고사격을 했다

제트스키가 방향을 선회
남쪽으로 돌아 내려간다

70대 노인이 죽기 전에
북의 노모를 만나려고
위험을 무릅쓰고 가는 중이라고 했다

—「고성」전문

　70대 노인은 이산가족의 일원이다. 북의 노모를 만나는 것이 죽기 전 마지막 소원임을 같은 처지에 있는 사람이 아니라면 이해할 수 없을 것이다. 1980년대의 일이 아니었을까 하는데, 남쪽의 노인은 어릴 때 헤어진 북쪽의 어머니를 만나야지 눈을 감을 수 있을 것 같았으리라. 이념이고 뭐고 있을 턱이 없다. 보고 싶다는 일념으로 제트스키를 타고 월북하려다 실패한 노인이 처벌을 받았을까 받지 않았을까 시인을 만나면 물어보아야겠다.

　　임신한 아내와 노모의 기도 소리가
　　마음 한구석에 울려 퍼진다

　　무심한 철책선을 순찰할 때,
　　심장이 두근거리며 뛴논다

　　2년만 견디면 새처럼 자유롭게
　　남쪽 고향으로 날아갈 수 있다

　　　　　　　　　　　　　　　　　—「GOP」부분

　최전방 GOP 근무는 길어봤자 2년이다. 임신한 아내와 노모의 기도 소리가 마음 한구석에서 매일 울려 퍼지고 있었다고 한다. 하지만 휴전선에 철조망이 쳐진 것이 1953년이었으니 어언 70년이 넘었다. 왜 남과 북의 젊은이들이 청춘을 녹색 군복을 입고 보내야 하는지! 전쟁의 위협이 있는 한 젊은이들은 병역의 의무를 다하지 않을 수 없다. 예비역 대령 전성무 씨가 전시우 시인으로 재탄생하는 순간이 온다. 퇴역 후 4년 동안 각고의 노력을 기울인 덕분이다.

퇴역 후
밤바다에 몸을 던졌다

어둠 속 일렁이는 파도에
시상이 어른거린다

불면의 4년이 준
등단의 기쁨

소년 시절의 꿈이자
버킷리스트는 이루었지만

걱정이 밀려온다

시상의 강물 흐르는 밤

낮 시간은 멈춘다

―「등단」 전문

습작의 시간을 갖게 된 것을 밤바다에 몸을 던졌다고 표현한 것이 절묘하다. 시 쓰기 공부란 것이 문제집 풀이와는 차원이 다른 것이다. 몇 페이지부터 몇 페이지까지 푼다고 실력을 갖추는 것이 아니다. 일엽편주를 바다에 띄운 것이라고 해야 할까. 밤을 낮 삼아서 읽고 쓰고 고치고 있는 전 시인의 나날이 그야말로 암중모색이겠지만 '안 되면 되게 하라'는 군인정신으로 열심히 시작에 매진할 거라고 생각한다. 시인의 제2시집은 군문에 있을 때의 일보다는 우리 사회의 제반 문제를 짚어내는 일을 시로 많이 쓸 거라고 생각한다. 분단극복과 통일 지향도 하나의 주제가 되지 않을까 예감한다. 앞으로 전시우 시인이 이 세상에서의 꿈을 시로써 활짝 펼칠 것임을 믿는다. ▨

| 전시우 |

본명 전상무. 강원도 횡성에서 출생하여 대령으로 전역하였다. 중앙
대 문예창작 전문가 과정을 수료하였고, 2023년『문학나무』로 등단
하였다. 유튜브 〈시낭송 전시우 TV〉를 운영하고 있다.

이메일 : jsangmoo@hanmail.net

현대시 기획선 114
와수리

초판 인쇄 · 2024년 11월 5일
초판 발행 · 2024년 11월 10일
지은이 · 전시우
펴낸이 · 이선희
펴낸곳 · 한국문연
서울 서대문구 증가로29길 12-27, 101호
출판등록 1988년 3월 3일 제3-188호
편집실 | 서울 서대문구 증가로31길 39, 202호
대표전화 302-2717 | 팩스 · 6442-6053
디지털 현대시 www.koreapoem.co.kr
이메일 koreapoem@hanmail.net

ⓒ 전시우 2024
ISBN 978-89-6104-372-4 03810

값 12,000원